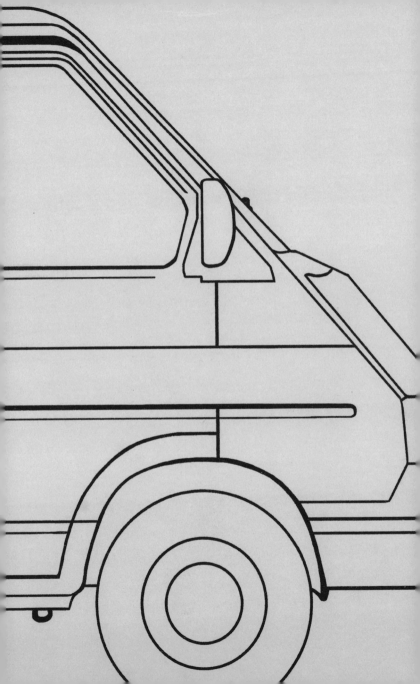

Perla Suez

Fúria de inverno

tradução
Nylcéa Thereza de Siqueira Pedra

exemplar nº 074

Curitiba
2020

capa e projeto gráfico **Frede Tizzot**

tradução **Nylcéa Thereza de Siqueira Pedra**

preparação **Fernanda Cristina Lopes**

"Obra editada en el marco del Programa "Sur" de Apoyo a las Traducciones del Ministerio de Relaciones Exteriores y Culto de la República Argentina".

"Obra editada através do Programa "Sur" de Apoio as Traduções do Ministério de Relações Exteriores e Cultura da República Argentina."

© Perla Suez, 2019

S 945
Suez, Perla
Fúria de inverno / Perla Suez; tradução de Nylcéa Pedra. - Curitiba : Arte & Letra, 2020.
92 p.

ISBN 978-65-87603-09-4

1. Literatura argentina   I. Pedra, Nylcéa   II. Título

CDD 868.9932

Índice para catálogo sistemático:
1. Ficção : Literatura argentina   868.9932
Catalogação na Fonte
Bibliotecária responsável: Ana Lúcia Merege - CRB-7 4667

Arte & Letra
Rua Des. Motta, 2011. Batel. Curitiba-PR
www.arteeletra.com.br

A Joaquín e a Lucio

Esta é uma obra de ficção, qualquer semelhança com a vida real é mera coincidência.

*Nunca te contarei como fui me afundado, dia após dia,
entre os homens perdidos, ladrões e
assassinos e mulheres que têm a pele do rosto
mais áspera que cal esfarelada. Às vezes, quando
reconsidero a latitude a que cheguei, sinto
que no meu cérebro se movem grandes fragmentos de
sombra, perambulo feito um sonâmbulo
e o meu processo
de decomposição me parece engastado na
arquitetura de um sonho que nunca aconteceu.*

As feras, Roberto Artl

A diferença entre passado, presente e futuro é
apenas uma ilusão obstinadamente persistente.

Albert Einstein

Buenos Aires, julho, 1979

Luque entrou correndo na estação de trem, foi direto ao guichê, estava ansioso, esperou que o funcionário atendesse uma moça e então comprou uma passagem para Assunção na segunda classe.

Enquanto caminhava pela plataforma, escutou o apito da locomotiva, o trem tinha começado a se mover, ia perdê-lo.

Correu para alcançá-lo e conseguiu agarrar o corrimão da escada do último vagão. Subiu, estava agitado, procurou o assento que lhe haviam designado e acomodou-se.

Era alto e magro, tinha o cabelo castanho e o nariz aquilino. Vestia tênis, calça jeans e um casaco de lã fechado até o pescoço.

Durante um tempo, Luque observou com atenção os passageiros que estavam no vagão.

Apoiou a cabeça na janela e lembrou-se do pai dizendo que era melhor dormir para não pensar em nada. Nos últimos tempos, sentia que estavam acontecendo coisas que o deixavam parecido com o pai, estava há quase um ano sem trabalho e sua mulher o havia abandonado fazia alguns meses. Não queria ficar deprimido, perambulando pela casa de pijama, estava feliz por deixar tudo para trás.

Tinha escolhido o Paraguai porque lá morava seu primo, que iria dar uma força. Com quase trinta anos, não sentia medo de recomeçar a vida em outro país.

Sua visão começou a ficar embaçada enquanto o trem se movia pela planície. O movimento dos vagões fez com que o seu corpo relaxasse, e ele foi se afundando em um intenso sopor.

O trem parou repentinamente e sacudiu-o. Um vendedor que oferecia peras e maçãs tirou-o do torpor e Luque se ajeitou no assento.

Repentinamente lhe veio a imagem da ameixeira carregada nos fundos da casa, as ameixas pretas esperando para serem colhidas. Ainda conseguia ver o céu e aquela luz vermelha do fim da tarde se fundindo mais uma vez. E então viu sua mãe subindo a escada enquanto ele esperava no pé da árvore para que ela lhe jogasse os frutos. Mãe e filho permaneceram ali por mais tempo, como se ainda houvesse alguma coisa a ser dita. Depois ele mordeu uma ameixa preta, a noite caía.

Luque tinha o olhar turvo e severo. Agora duvidava que sua mãe estivesse entre os galhos da ameixeira naquele entardecer. Ficou olhando para as pessoas que subiam e desciam do trem. Tentou não pensar em nada e respirou profundamente. Quando abriu os olhos, estava atravessando uma ponte sobre um rio.

Antes de adormecer, escutou o rangido das rodas sobre os trilhos e, depois, sonhou que via um jovem, ele lia um jornal e não tinha mais que trinta anos. Chamou-lhe a atenção perceber que se vestia como ele. Estava com o mesmo tênis, a mesma calça e o mesmo casaco. Observou-o detidamente enquanto o jovem se levantava e atravessava o vagão. Luque percebeu que era idêntico a ele e ficou angustiado. Seguiu-o pelo corredor, passando de um vagão a outro sem conseguir alcançá-lo. De repente, o jovem parou na frente de uma janela guilhotina, levantou-a e, com os olhos fechados, colocou a cabeça para fora. Luque viu como o vento batia no rosto dele. O jovem retrocedeu, fechou a janela e continuou caminhando.

A simples ideia de que tinha um duplo era intolerável, pensou que não podia permitir que outro arrebatasse sua pessoa. Então decidiu matá-lo, era a única maneira de se livrar dele. O jovem caminhava freneticamente, parecia que estava fugindo, saiu no último vagão, Luque se perguntou até onde queria chegar. O trem terminava. Luque ficou paralisado quando, a poucos passos dele, viu-o pular.

Despertou-o a voz do guarda anunciando a próxima parada.

Tal como lhe haviam dito, sair de Buenos Aires foi relativamente fácil. Quando chegou à fronteira, passar pela aduana foi um trâmite rápido. Apresentou os documentos aos policiais, estava tudo em ordem. Quinze minutos depois, pisava solo paraguaio e sentiu um alívio desconhecido.

Chegando a Assunção, Luque trocou dinheiro e foi ao balcão de informações perguntar sobre onde poderia encontrar um telefone público. Uma atendente lhe indicou que havia um na entrada.

Tirou um papel no qual havia anotado o endereço e o telefone do primo. Ligou, ninguém atendeu. Insistiu. Pensou que o telefone poderia estar estragado e pediu orientação para chegar àquele endereço. Disseram-lhe que estava perto.

Decidiu ir diretamente à casa do primo porque fazia algum tempo que tinham voltado a se falar e Luque tinha prometido a ele uma visita, mas sem precisar muito bem quando.

Depois de caminhar um pouco, chegou a um estabelecimento onde havia uma banca na entrada e dentro uma lotérica. Entrou, atrás do balcão estava um homem de uns cinquenta anos.

No que posso ajudar?

Você não me reconhece?

O homem passou os olhos pelo rosto de Luque e quando o reconheceu foi ao encontro dele e abraçou-o, parecia emocionado.

Quanto tempo! Não estava te esperando. Como você está?

Liguei várias vezes e ninguém atendeu, respondeu Luque com firmeza.

Verdade, faz uma semana que o telefone está quebrado. E pensar que a última vez que te vi foi no enterro da tua mãe e você era um menino. Você está igual!

Como igual?! Você nem me reconheceu quando eu cheguei!

O primo soltou uma gargalhada. Luque ficou em silêncio, quis mudar de assunto mas não soube como dizer a ele que precisava de trabalho e ficou olhando o primo fumar, a fumaça azulada do cigarro que saía pelos orifícios do nariz.

E a tua mulher?

Ficou na Argentina.

Você está sozinho?

Sim, vim sozinho.

Luque ficou tenso.

O primo continuou perguntando a ele coisas das quais preferia não falar. Então, disse que fecharia a loja para que fossem comer juntos.

Me espera, vou avisar que estou saindo e a gente vai. Quero que você me conte da tua vida, completou, e foi para a parte detrás da loja.

Luque sentiu todo o corpo formigar e pensou que era melhor ficar longe do primo porque não queria remexer no passado. Quando escutou o chamado dele, acelerou o passo.

Robledo, o dono da pensão, mostrou a ele o único quarto que estava vago.

O que te traz ao Paraguai?

Trabalho, disse Luque.

No que você trabalha?

Sou taxista, mas faço de tudo um pouco.

Faz serviço de encanador?

Não, isso não.

E de eletricista?

Também não.

E o que é que você sabe fazer?

Luque olhou-o irritado, Robledo perguntava demais e ele não gostava disso.

Desculpe, perguntava para pedir ajuda com essa casa velha.

Fez uma pausa e mudou de assunto.

Não são muitos os argentinos que vêm morar aqui.

Um inquilino que os escutava se aproximou.

Os argentinos que vêm para o Paraguai sempre estão fugindo de alguma coisa.

O semblante de Luque mudou e Robledo entendeu rapidamente.

Não ligue pra ele, Luque. Rubén, não se meta!

Foi uma piada, Robledo, não fique assim, ele parece boa gente.

O inquilino não falou mais nada, mas ficou ali plantado como se não tivesse percebido que deveria se retirar. Luque se conteve.

Gostou do quarto?, perguntou Robledo, mudando de assunto.

Gostei, vou deixar um sinal.

Sabia que você ia gostar, é o maior que eu tenho e com janela pra rua.

Por que você ainda está aqui, Rubén?

Robledo olhou para Luque e disse-lhe,

Melhor a gente continuar conversando na cozinha, e riu mostrando os dentes amarelos.

Luque chegou à esquina, o sinal estava vermelho. Naquele momento passava um carro fúnebre cheio de coroas de flores, atrás dele vinha uma fila de carros que avançava devagar.

Esperou e então se lembrou daquela manhã, chovia, seguiam o cortejo fúnebre e o primo cobria-os com um guarda-chuva. Seu pai mal conseguia ficar de pé, tinha trinta e cinco anos e parecia um velho, havia algo de opaco no seu olhar. Era um menino de nove anos, mentiram-lhe dizendo que a mãe não estava morta e levaram-no ao enterro. Perguntava por ela, insistia, incomodava, e o pai fez com que se calasse. Mastigava de boca aberta e sem mexer os pés prendia a respiração e saía correndo de modo abrupto.

Naquele dia havia estado um bom tempo parado de pé no vão da porta, seminu (a pele leitosa) e descalço. Não havia maneira de convencê-lo de que precisavam ir. Adela, a vizinha, tentava vesti-lo e ele resistia.

Em um arrebato, aproximou-se dela, abraçou-a e agarrou-se no seu pescoço.

Luque viu que o sinal havia ficado verde e apressou o passo.

Assunção era uma cidade frenética, um amontoado de pessoas, buzinas e cavalos se entrecruzando em trajetórias errantes. Cada um tinha seu compromisso, homens, mulheres e crianças trabalhavam por igual. Os carrinheiros iam e vinham carregando e descarregando mercadorias. A cidade não parava. À noite enchiam os depósitos com as mercadorias que os clientes faziam desaparecer pela manhã. As lojas, abarrotadas nas horas de pico, esvaziavam-se na hora da sesta para se encherem de novo por volta das seis da tarde, e a jornada se estendia até depois da meia-noite.

Em poucos meses, Luque já era conhecido por ser confiável e discreto. Mal chegou, conseguiu um trabalho em uma loja de eletrodomésticos. Levava e trazia mercadorias com a caminhonete do dono da loja.

Depois, começou atravessando a pé um pouco de tudo até que deu um jeito de conseguir a permissão dos policiais para trafegar com uma carreta engatada atrás da moto.

Saía-se bem como passador de mercadorias, especialmente em atravessar coisas de uma margem a outra do rio.

Já fazia mais de um ano que Luque alugava o quarto na pensão de Robledo. Na janela, um outdoor neon invertia os ciclos de luz, a noite se fazia dia e Luque não conseguia dormir mais do que três ou quatro horas.

Numa noite de insônia foi até a cozinha e começou a preparar um ensopado. Subitamente notou a mesma quietude daquela noite em que preparou essa mesma comida para sua mulher pensando que ela não iria abandoná-lo. Ela estava fazendo hora extra na fábrica.

Quando voltou para casa, entrou, largou a bolsa e mal sorriu para ele. Luque não entendia o comportamento dela.

A mulher tomou um gole de vinho e logo depois começou a rir de gargalhar. Por um instante, ele teve a ilusão de que ela não iria embora porque fazia muito tempo que não a via com um bom humor como o daquela noite.

Ele perguntou à mulher do que ela ria, ela abaixou a cabeça examinando as mãos sem deixar que seus olhos revelassem qualquer coisa. Durante um longo tempo comeram em silêncio. Luque fez um comentário sobre a comida que havia preparado e ela disse apenas que estava cansada.

Amanhã vou embora, afirmou, e aconselhou-o a sair daquelas quatro paredes de uma vez por todas.

Luque se deu conta de que não poderia detê-la e chorou como uma criança.

Na última semana em que estiveram juntos quase não se falaram, e quando sua mulher foi embora, ficou dando voltas pela casa sem fazer nada.

Luque respirou novamente aquele ar pesado e pensou que não tinha sido a primeira e não seria a última vez que o abandonam.

O ar congelou em volta do seu rosto, Luque apagou o fogão, tapou a panela do ensopado e decidiu sair e perambular pela cidade.

Havia pouco movimento. Uma mulher jovem atravessou a rua levando o filho pela mão. A criança gemia e reclamava porque estava com sono e queria voltar para casa. A mãe levava-a à força, puxando-a.

O lamento da criança lhe trouxe à memória a lembrança de quando era menino e o pai deixava-o trancado, ele batia na porta e gritava pedindo para sair.

As paredes pintadas de verde água e as manchas de umidade no teto. Uma porta de duas folhas na parte alta de uma claraboia e na altura do rodapé um respiro sem grade.

O menino queria escapar, mas não conseguia porque a porta estava trancada à chave, voltou a gritar pedindo ao pai que abrisse, com lágrimas escorrendo pelos olhos. Pelo respiro entrava fumaça e sentia cheiro de cigarro. Jogou-se no chão e espiou.

O pai estava do outro lado, sentado em uma poltrona de vime, mal conseguia ver uma de suas mãos apoiada em uma garrafa de refrigerante que ele fazia girar vagarosamente entre os dedos. O menino estava com sede e sentia a boca encher de água. Via a mão grande, os dedos carnudos, os sapatos, era tudo o que conseguia enxergar do pai. A cinza do cigarro caiu no chão. O pai levantou, esmagou o cigarro com a ponta do sapato e deu um passo à frente.

Abre a porta, papai.

Cada vez que o deixava trancado, não sabia quanto tempo levaria em sair, talvez algumas horas ou dias.

Uma noite, o pai entrou em silêncio e deixou sobre a mesinha de cabeceira uma bandeja com um prato de arroz que ainda fumegava, um pedaço de pão e um copo de água. O menino esperou que ele saísse e atirou-se sobre o prato porque tinha fome, e começou a comer com as mãos. Quando percebeu que o pai continuava parado do outro lado da porta, sua boca enrijeceu, como se estivesse cheia de alfinetes. Pegou o prato e atirou-o com força contra a parede, um estrondo ressoou pelo quarto.

Restos de comida ficaram espalhados pelo chão.

Imaginou que os olhos furiosos do pai atravessavam a porta e perfuravam suas costas.

O pai entrou enfurecido, o menino recuou e protegeu-se com os braços, levantou a cabeça e observou os punhos do pai fechados, as juntas enrijecidas e os olhos fora de órbita. Deu um grito. O pai saiu batendo a porta.

Numa outra vez, o pai esteve um bom tempo tentando cortar seu cabelo, mas, como Luque tentava escapar, amarrou seus pés e mãos em uma cadeira.

Você está cheio de piolho, disse o pai com voz rouca.

Segurou-o pelo pescoço para imobilizá-lo, empapou sua cabeça com sabão e, com uma navalha, raspou todo o cabelo. O menino, sozinho na cama, passou a mão pela cabeça raspada e chorou.

Luque sobressaltou-se, temeu que o tempo piorasse e apressou o passo para voltar para a pensão.

Tinham-lhe avisado que a moto estava pronta e que podia pegá-la na oficina.

Luque subiu no ônibus, dois homens jovens entraram atrás dele. Um deles vestia um casaco com capuz e era robusto. O outro era magro e tinha uma barba de muitos dias por fazer.

Luque avançou até o final do corredor e sentou-se na última fila, encostado na janela. No ponto da *Plaza*

Independencia, o banco a seu lado ficou vazio e o grandalhão se sentou. Começou a observá-lo sem tirar o capuz, enquanto o magro, que estava de pé ao lado da porta, disse apontando para Luque,

É?

É.

Não, não é.

Tem certeza?

Tenho certeza.

Luque inquietou-se, aqueles sujeitos estavam falando dele. Ficou parado, imóvel, com a cabeça baixa, escondendo-se.

Ainda faltava muito para descer.

Olhou de relance e viu que o grandalhão estava com o punho fechado, como se escondesse alguma coisa na mão. Ficou em alerta.

Como você se chama?, perguntou com uma cotovelada.

Luque não respondeu.

O grandalhão segurou-o pelo queixo, levantando-o e virando-o em sua direção.

Olha pra mim, cara.

Seu hálito era denso e quente.

Luque empalideceu.

Te fiz uma pergunta.

O grandalhão sufocava-o.

De repente, soltou-o e disse,

Me confundi, hoje você não vai morrer.

Parou por um instante e olhou para o outro,

Não é ele. Vamos.

Levantou-se, o magro apertou a campainha, as portas abriram-se e os dois desceram.

As pernas de Luque ainda estavam tremendo.

Luque acomodava uma televisão na carreta da moto para atravessar a fronteira quando percebeu que o cliente o olhava de cima a baixo.

Tentou manter a calma e olhou em outra direção.

O cliente não parava de observá-lo.

O tempo começou a passar vertiginosamente para Luque e, apesar da inquietação que o invadia, ele continuou amarrando cuidadosamente a televisão na carreta.

Demonstrou serenidade até o momento em que o cliente soltou,

Faz tempo que estou olhando pra você, achava que era você mesmo. Se lembra de mim?

Não, não lembro, disse, ainda que o tivesse reconhecido.

Fomos colegas no Pellegrini, se lembra? Eu sempre ia na tua casa. Nunca vou me esquecer de uma vez que chegamos lá e teu pai estava vestido de mulher.

Outra vez sentiu o passado respirar no seu pescoço. Aquelas imagens estavam tão enterradas na memória que Luque acreditava que não as tinha vivido.

Desculpe, tenho que ir.

Subiu na moto e ligou-a.

Antes de acelerar, avisou,

Em uma hora isso vai estar do outro lado.

Até atravessar a fronteira, as palavras daquele homem ressoaram sem parar na sua cabeça.

Moravam perto de um curtume naquele bairro de operários desde que eram meninas. Durante os últimos meses, antes de que sua amiga morresse, Adela cuidou dela com devoção.

Quase um mês havia transcorrido desde sua morte e ainda não tinha notícia dos Luque, supunha que pai e filho precisavam estar sozinhos, mas Adela estava preocupada com eles.

Numa tarde tomou a decisão e foi visitá-los com o pretexto de levar um doce feito em casa. Tocou a campainha várias vezes, ninguém atendeu.

A porta estava entreaberta, empurrou-a e atravessou o pequeno corredor que levava até a sala de jantar.

A casa estava coberta de pó e na penumbra.

Tem alguém aqui?, perguntou.

Ninguém respondeu.

Foi até a cozinha, um cheiro nauseabundo saía do ralo. Deixou o pote na mesa e quando acendeu a luz viu pratos engordurados em cima da pia, havia baratas por todo lado e um rato remexia o lixo. O nojo apoderou-se dela e a fez sair rápido da cozinha.

Naquele momento teve a impressão de escutar o menino sussurrando,

Mamãe...

Parou. Teve a impressão de ver a amiga de costas, sentada com sua peruca castanho-clara, e o menino de pé, na frente dela. Um calafrio percorreu sua coluna só de pensar que estava diante da amiga morta.

O menino pintava a boca dela de púrpura e ficou imóvel ao ser descoberto com o batom na mão. Não era sua amiga, mas o esposo dela. Parecia ausente. Fazia tempo que estava deprimido, mas Adela nunca o havia visto daquele jeito. Seus calcanhares pendiam para fora do salto alto, vestia meias finas e um vestido florido.

Ela se aproximou devagar, não conseguia acreditar no que estava vendo. Quando tirou a peruca dele, o menino pegou um cinzeiro e, diante do olhar perdido do pai, arremessou-o no rosto dele, fazendo um talho em seu nariz, que começou a sangrar.

Adela se jogou sobre o menino para contê-lo, segurou-o pelos braços com força até que conseguiu acalmá-lo e o menino parou de espernear.

Luque voltou para a pensão depois de um dia intenso de trabalho.

Na janela do quarto havia um gato. Ele achava que aquele gato, que era de todos e não era de ninguém, sempre fazia a mesma coisa, observá-lo com seus olhos grandes e amarelos. Encarava-o e com certeza esperava o momento de atacar, aninhava-se, dissimulava sua crueldade e olhava-o com indiferença. Era grande e branco, com uma mancha preta nos olhos que parecia uma máscara.

De súbito viu que o gato arranhava o vidro da janela enquanto miava como se estivesse no cio. Aqueles gritos de recém-nascido angustiavam-no. Luque pensou em moer vidro e dar ao gato misturado com carne.

Precisava tomar um ar, quis sair rápido do quarto, mas quando foi abrir a porta não viu a fechadura e retrocedeu. Começou a bater e com impaciência gritou para que abrissem a porta. Teve a impressão de que as paredes se mexiam e não conseguia respirar.

Gritou novamente,

Abram a porta!

Chutou a porta até que Robledo apareceu. Alguns inquilinos se aproximaram, e quando Robledo abriu a porta, Luque gritou descontrolado,

Roubou a fechadura! Me deixou trancado!

O dono da pensão mostrou-lhe que a fechadura estava no lugar.

Calma, cara, você precisa descansar.

O cheiro do suor de Robledo embrulhou seu estômago.

Luque, humilhado, entrou no quarto e tentou se recompor.

A cada dia que passava era mais difícil morar naquela cidade, e decidiu que era melhor ir embora dali, mudar de lugar.

Tinham-lhe dito que em Cidade do Leste havia muito trabalho. Além disso, era tentador partir e ver outro movimento, outras pessoas.

Aproximou-se da porta e observou se havia alguém no corredor, queria passar despercebido.

Enquanto saía de Assunção, escutou um tiro de escopeta. Freou, olhou para cima e sobre sua cabeça viu um pato selvagem cambaleando no ar com as patas encolhidas embaixo do ventre. E então o corpo dele caiu feito chumbo, batendo no chão com um som abafado, idêntico ao que um corpo humano produziria. Jazia aos seus pés com o bico quebrado, e seus olhos diminutos ainda pareciam ter vida.

Não tinham que ter atirado nele, coitado do animal, pensou enquanto se afastava. Escutou o grasnido de centenas de patos selvagens voando. O céu estava cheio deles e o vento suave acariciava seu rosto.

Cidade do Leste, outubro, 1983

Luque sentou-se à mesa de um bar de frente para o rio e pediu uma cerveja. Enquanto bebia, um policial se aproximou e, sem pedir licença, se sentou e disse,

Sempre te vejo atravessando.

Os músculos do rosto de Luque se enrijeceram.

Qual o seu nome?, perguntou-lhe.

Luque, afirmou, e suspeitou que o policial estava de olho nele há bastante tempo e sabia mais do que deveria.

Era musculoso e tinha o cabelo preto e encaracolado.

Você pode me chamar de Gordo e me procurar quando precisar passar alguma coisa.

Fez uma pausa e continuou,

Comigo você vai fazer um bom dinheiro.

Depois o policial chamou o garçom e pediu outra cerveja.

Essa é por minha conta, disse.

Ainda que não tivesse ido com a cara do sujeito, Luque pensou que lhe convinha confiar nele porque ter um amigo policial tinha lá suas vantagens.

Depois de várias cervejas, conseguiu livrar-se do Gordo e saiu do bar.

Parado na orla, contemplou uma barcaça que atravessava carregada de areia. Também viu uma mulher remando em uma canoa. De repente escutou a risada de um menino, procurou-o com o olhar e então o viu brincando de bola na beira do rio. Não tinha mais que sete anos.

Em um dado momento a bola escapou e foi parar na água.

O menino correu e quando esticou os braços para alcançá-la, perdeu o equilíbrio e caiu no rio. Gritava pedindo ajuda agarrado à bola, mas Luque não reagiu.

O menino tentou em vão chegar até a margem, mas a água tinha mais força do que ele e o levou.

O grito do menino cessou de modo repentino e a bola ficou flutuando sozinha, arrastada pela correnteza.

O poste da esquina iluminava o banco da praça. Luque estava sentado roendo as unhas quando o policial se aproximou. Estava vestido de civil e usava uma camisa de linho branca de mangas curtas. Esparramou-se no banco e Luque tirou um bolo de dinheiro do bolso.

Toma, disse-lhe.

O policial contou, levantou o olhar e com os olhos inquisitivos perguntou,

Você só vai me dar isso?

É o que a gente tinha combinado, Gordo.

Pode parar, Luque, você teve um mês bom, abre a mão.

Te pago bem, Gordo.

Mas se eu não faço a minha parte você não pode fazer o teu trabalho, disse o policial com o dedo indicador em riste.

Antes de sair, completou,

Da próxima vez, melhore a oferta.

Amanhecia quando Luque chegou ao mercado. Parou em uma barraquinha de comida na qual atendia um homem de aproximadamente quarenta anos, era moreno, magro e tinha mãos grandes. Estava acompanhado por uma jovem de baixa estatura que tinha o cabelo liso e preto, preso em uma trança que lhe chegava à cintura. Era magra e de pele escura, tinha dezesseis anos.

Luque pediu uma tortilha. O homem, que aparentava ser o pai da jovem, mandou que ela a fritasse.

Luque correu o olhar sobre o corpo da moça enquanto ela cozinhava, os peitos volumosos marcavam a blusa.

Estava absorto quando o homem interrompeu seus pensamentos,

Linda a menina, não?

Silêncio.

Pode dizer, patrão, sem medo.

O homem puxou a jovem pelo queixo, como se mostrasse os dentes de um cavalo à venda. Ela levantou a cabeça e encarou Luque com um olhar que tinha a profundidade de um rio. Continuou encarando-o com seus olhos grandes e Luque ficou perturbado.

Acompanhe o homem e ajude ele com as sacolas, ordenou-lhe o pai.

Isabel obedeceu.

Pegou de má vontade uma das sacolas que estavam com Luque e, quando suas mãos se roçaram, ele sentiu um arrepio na nuca.

Caminharam em silêncio até a pensão, entraram no quarto e ela deixou a sacola no chão.

Uma luz lânguida iluminava o lugar, um estrado com um colchão de lã afundado e na parede uma pintura com árvores desbotadas. Em um canto, uma cadeira de madeira cheia de roupas e, apoiado na parede, um espelho retangular com manchas pretas.

Luque encostou-se na cadeira de Isabel, acariciou-lhe o pescoço, os peitos e excitou-se enquanto suas mãos percorriam as coxas dela.

Penetrou-a naquela mesma manhã, e quando ele terminou, Isabel vestiu-se com rapidez e, sem dizer nada, foi embora.

Era Carnaval e as pessoas se aglomeravam para ver os carros alegóricos desfilarem. Isabel estava distraída olhando os blocos quando ele se aproximou. Omar começou a adulá-la e ela o olhou com desconfiança. Fazia poucos meses que tinha chegado à cidade, com apenas quatorze anos.

Ele tinha vinte e seis, era alto, magro, com uma cabeleira preta e barba rala.

Nunca ninguém havia dito a ela as coisas que Omar lhe disse.

Não se afastou dela a noite toda. Depois, ofereceu-se para acompanhá-la até sua casa. Era um sujeito forte e decidido. Caminharam umas poucas quadras e em uma esquina ele a desvirginou.

Omar ficou preso durante um bom tempo e fazia alguns dias que tinha voltado a Cidade do Leste.

Quando o pai de Isabel soube que ela andava se encontrando com ele, advertiu-a de que era um delinquente perigoso e que se ela não o deixasse, mataria-o. Ela, ainda que tenha se mostrado submissa, continuou encontrando-se com Omar às escondidas.

Os encontros entre Isabel e Luque tornaram-se frequentes. Cada vez que ele queria se servir dela, dava ao pai uma garrafa de licor importado ou um pacote de cigarros e levava a jovem com ele.

Ela tinha uma naturalidade selvagem de que Luque disfrutava sem nenhum tipo de amarra. Isabel deixava-se envolver pelo corpo maciço e meio adocicado daquele homem que a cavalgava. Luque imaginava que estavam no rio, à deriva, presos pela força da água, ela se agarrava a ele como se fosse um camalote na contracorrente e ele a raiz nua de uma árvore crescida.

Isabel e Omar encontravam-se com frequência em um bairro da periferia. Ela aproveitava para escapar enquanto o pai dormia.

Um colchão no chão, uma geladeira, uma cadeira e uma lâmpada fluorescente.

Em uma das madrugadas nas quais se encontraram, Omar estava furioso, ela o abraçou para acalmá-lo e ele a empurrou.

Some daqui! Não quero mais te ver!

Isabel, acostumada a ser paciente com ele, encheu um copo de água, tomou um gole e olhou para o outro lado.

Olha pra mim! Estou falando com você, não se faça de idiota!

Não venha pra cima de mim, disse ela com firmeza.

É você que deixa qualquer um subir em cima de você!

Chega!

Omar ficou quieto, observando-a com uma expressão severa e acusadora.

Depois disse,

O teu pai é um filho da puta! Te dá de presente pra um velho só pra você não ficar comigo!

Isabel pegou a bolsa para ir embora, mas ele a impediu.

Estou ficando louco, não sei até quando vou aguentar.

Uma manhã, estendido no meio da rua, o pai de Isabel apareceu morto. Luque acompanhou-a para que reconhecesse o corpo e viu que tinha hematomas na barriga e no rosto.

Isabel ficou surpresa ao vê-lo e, sem derramar uma lágrima, suspeitou de quem o tinha matado, mas não disse nada.

A cor do rosto do pai morto fez com que se lembrasse dos corpos de lontra pendurados ao sol na casa da avó, o pátio de terra, o sol do meio-dia, o zumbido das moscas nas palmeiras.

Apertou contra o peito o amuleto que a avó lhe havia dado, era uma pena de coruja amarada em um fio vermelho, tinha-o montado sob a lua cheia em meio a suas rezas. Sempre o levava atado ao pescoço e lembrou-se do dia em que a avó estava penteando seu cabelo quando disse que seu pai viria buscá-la para trabalhar na cidade.

Ela pediu para ficar, mas a avó a convenceu de que tinha que trabalhar, acabara de fazer quatorze anos.

Luque viu Isabel submergida em uma dor profunda, nunca imaginou que a morte do pai iria perturbá-la daquele jeito. Mas o que ele não sabia era que Omar tinha desaparecido sem deixar rastros e que aquilo não saía da cabeça dela.

Ele pensou que deveria deixá-la em paz e que com o tempo voltaria a ser quem era.

Não foi fácil para Isabel aceitar a ausência de Omar. Agora só tinha Luque, agarrou-se a ele e levou-o para morar em sua casa.

Depois de vários meses, começou a sentir-se melhor, parecia que a dor a tinha fortalecido e Omar ficado para trás.

Luque ficou feliz quando um dia ela acordou cedo e, de bom humor, pegou as roupas do pai, guardou-as em sacolas e colocou-as na rua para que as levassem. Mudou todos os móveis de lugar. Para Luque, isso marcou um antes e um depois.

Enquanto Isabel guardava as meias de Luque, encontrou um anel no fundo da gaveta, era uma aliança de ouro. Provou-a no dedo anular e viu que entrava perfeitamente. Gostou do jeito que ficava e decidiu deixá-la no dedo.

Quando Luque voltou, ela lhe mostrou o anel no dedo.

Olha o que eu encontrei nas tuas meias!

Deixa eu ver...

Isabel entregou-lhe o anel. Ele leu os nomes do pai e da mãe gravados na parte interna da aliança e angustiou-se, achava que a havia deixado na pensão de Robledo.

Era da tua mãe?

Não, respondeu Luque sem pensar.

Era de quem?

Não sei.

Então posso ficar com ele.

Não, é melhor não usar coisas que a gente não sabe de onde vêm.

Luque não queria dar explicações e sabia que se sentiria mal vendo o anel todos os dias no dedo de Isabel.

Isabel não falou mais nada e saiu.

Luque foi ao banheiro e sua mão não vacilou quando jogou a aliança na privada. A única coisa que se escutou foi o barulho de água correndo.

Depois de dez anos morando em Cidade do Leste, estava tranquilo, como se o carinho de Isabel o protegesse.

Uma manhã ela tinha saído para fazer compras e ele passeava pela casa.

Avançava pelo pátio entre a roupa pendurada, os lençóis balançavam com o vento, cheirava a sabão. De repente, uma vertigem, foi invadido por uma sensação de mal-estar no estômago e a imagem de quando era pequeno voltou-lhe à cabeça. Estava sentado em uma cadeira, ao lado da cama da mãe doente. Fez um esforço para conseguir ver o rosto dela, tentou imaginá-lo, encontrar os olhos que encaixavam com a boca, o nariz que encaixava com o queixo, mas cada vez que acreditava ter formado o rosto, ele se desfazia e tinha que começar de novo. No entanto, podia ver com clareza, pendurada em uma das paredes do hospital, a foto daquela enfermeira com o dedo indicador apoiado sobre os lábios pedindo silêncio. Então percorreu a linha da sua mandíbula, a testa larga, a boca pintada.

O barulho da chave na porta de entrada e os passos de Isabel trouxeram-no à realidade.

Era o aniversário de Luque e ele levou Isabel para comer no lugar onde melhor preparavam seu prato preferido. Sentaram-se em uma das mesas que dava para o corredor.

O mercado estava cheio de gente.

Uma mulher de aparência envelhecida, ainda que não tivesse mais do que trinta anos, atendeu-os.

Que bom ver vocês por aqui! Vai ser o de sempre?

Eles assentiram e a mulher trouxe um prato quente de *vorí vorí*. Isabel sentiu o cheiro, cominho, louro, cebola, pimenta. Em seguida disse a ele que a comida a fazia lembrar do jeito que a avó preparava o prato. Pegava uma galinha, torcia o pescoço dela, raspava a lâmina da faca em uma pedra e quando estava afiada cortava a galinha em pedaços.

Ele pediu a ela que contasse mais coisas de quando era criança.

Isabel disse que desde muito pequena gostava de se apoiar na cintura da avó enquanto ela cozinhava e que achava que ela era tão alta quanto uma palmeira.

Agora me conta você, ela arriscou.

O que você quer que eu conte?

Da tua mãe.

Ele ficou atônito e mais uma vez viu a mãe deitada de barriga para cima, os olhos fechados, respirando com ajuda de morfina, tinha a cor do lençol.

Adela tinha colocado um pouco de creme nas mãos, massageava a mãe de Luque com firmeza. Começou pelos braços, continuou pelas pernas e terminou nas coxas. A mãe mal esboçava um sorriso.

Ei! Te fiz uma pergunta! Você não vai me contar?, interrompeu Isabel.

Não, vamos falar de outra coisa, a vida dos doentes é triste.

Um domingo de manhã foram de moto até a casa da avó, onde Isabel tinha passado a infância.

Ao chegar, viram um deserto verde, uma grande plantação de soja tomava conta de tudo. Tinham acabado com a vegetação natural.

Depois de o pai de Isabel tê-la levado para a cidade, homens ocuparam o vilarejo e obrigaram sua avó e outras pessoas a subirem em um caminhão. Depois de uma longa viagem, abandonaram-nos em uma terra onde não crescia nada. Quando voltaram, no lugar do vilarejo encontraram enormes máquinas e homens armados. A avó morreu de tristeza.

Isabel pediu a Luque que fossem embora naquele instante, preferia conservar a imagem que guardava do lugar.

O Gordo tinha advertido Luque de que a ponte para atravessar a fronteira estaria fechada por várias horas por conta de um acidente e sugeriu que ele fizesse a travessia de balsa.

A fila para a balsa era grande, mas Luque estava entre os primeiros.

Baixaram a plataforma e começaram a subir os carros e os passageiros a pé. Ele deixou a moto estacionada e foi para a parte de cima.

Era cedo e não fazia muito calor. Apoiou-se no parapeito e contemplou o rio, os camalotes estavam parados e a corrente trazia uma ilha de vitórias-régias. Na água amarronzada do Paraná, a espuma e o reflexo do sol saltitavam na superfície.

A plataforma levantou, o motor entrou em funcionamento e a balsa começou a mover-se.

Luque olhou em direção aos carros que estavam estacionados e um homem chamou sua atenção, tinha uma vasta cabeleira branca e atirava migalhas aos peixes com tranquilidade.

O homem virou-se, levantou a cabeça e passou o olhar pelas pessoas que, como Luque, contemplavam o rio desde a parte de cima da balsa.

Luque observou-o, era o dono da carpintaria onde, aos doze anos, trabalhou pela primeira vez. Tinha o nome dele na ponta da língua, no entanto, por mais que tentasse lembrar, não conseguia. Aquele homem lhe tinha dado casa, comida e trabalho durante anos.

Mais uma vez foi envolvido pelo cheiro de serragem, outra vez teve a impressão de que a juntava com a vassoura para colocá-la em sacolas. Então se lembrou que o homem se chamava Páez.

Estavam chegando à outra margem.

Escutou o apito da balsa e, descendo a escada, viu-o no outro extremo, do lado da plataforma, pronto para descer.

Luque avançou entre os carros e as pessoas que, apressadas, atrapalhavam sua passagem. Quando conseguiu se aproximar, pôs a mão nas costas do homem, que se virou e reconheceu Luque imediatamente.

Veja onde a gente veio se encontrar! Quem diria que eu ia te ver em uma balsa saindo do Paraguai, disse enquanto o abraçava.

O homem cheirava a palo santo, o mesmo cheiro de quando trabalhavam juntos. Luque emocionou-se.

Não posso acreditar que te encontrei, Páez!

Pra mim isso é um sinal. Você está muito bem, garoto.

O senhor também.

Agora estão me esperando, mas te conto rapidinho, estou abrindo uma loja de móveis em Posadas e quero que você trabalhe comigo.

Luque sentiu que era seu dia de sorte.

Me ligue que eu te conto os detalhes.

Páez lhe deu seu número de telefone.

Me ligue, insistiu.

Sim, vou ligar, disse Luque com firmeza, e ficou pensando que de uma hora para outra tudo pode mudar.

Fazia dias que Luque deveria ter entregue a parte do Gordo, era estranho que ele não aparecesse para cobrar, era como se a terra o tivesse engolido.

Luque foi ao posto policial e não o encontrou. Caminhou até o bar, estava movimentado, gente nova, ninguém da turma do Gordo.

Na esquina perguntou por ele ao que cuidava dos carros, intuiu que aquele homem sabia de alguma coisa mas não queria falar. Luque tirou uma nota e colocou-a no bolso da camisa dele. O homem disse que havia rumores de que o bando da Rita andava procurando o Gordo porque ele tinha ficado com um troco dela.

Ainda que Luque nunca a tivesse visto, estava a par de quem era aquela mulher. Rita administrava o contrabando pesado da cidade. Os passadores eram piolhos perto dela. Tudo que atravessava ou não a fronteira dependia dela.

Luque suspeitou de onde o Gordo poderia estar escondido, já havia estado naquele muquifo em que costumava fazer negócios.

Chegou a um bairro afastado do centro e bateu na porta de uma casa que parecia desabitada. Ficou surpreso que uma mulher abrisse, supunha que o Gordo estaria sozinho. Perguntou por ele, ela disse que não demoraria em chegar e que ele podia entrar e esperar.

A mulher tinha uns cinquenta anos, ossos largos, baixa, com o cabelo solto e liso pintado de vermelho. Estava com uma calça jeans e uma regata.

Que mulher linda, pensou Luque. Talvez fosse a amante do Gordo e por isso ele nunca tinha falado dela.

Sentaram-se na sala, um de frente para o outro. A mulher tinha um olhar intenso e não tirava os olhos dele.

Luque começou a ficar inquieto, como se uma proibição pesasse sobre ele, os minutos se faziam eternos.

Levantou-se e disse,

Não posso esperar, volto outra hora.

Fique, o Gordo já vem.

Não gostou do modo como a mulher falou com ele porque sentiu que não poderia dizer não. Inquietou-se ainda mais e perguntou se podia ir ao banheiro.

A mulher disse que sim.

Ele foi em direção ao fim de um longo corredor e trancou-se no banheiro para ganhar tempo.

Ficou apoiado de costas contra a parede durante alguns minutos, até que escutou a chave na porta da rua. É o Gordo, pensou.

Então saiu.

Voltou para a sala e viu o Gordo sentado em uma cadeira com o rosto desfigurado e os braços amarrados para trás, no respaldo.

Antes de que Luque pudesse reagir, um golpe seco na nuca fez com que desmaiasse.

Quando voltou a si, estava amordaçado, doíam-lhe os punhos por causa das amarrações e escutava a respiração ruidosa do Gordo, que estava ao lado dele.

Fizeram-nos descer aos empurrões no meio do nada. Luque estava apavorado e não sabia quantos quilômetros tinham percorrido dentro do porta-malas do carro.

Era noite fechada e mal conseguia ver os rostos iluminados pelos faróis do carro. Eram três sujeitos e a ruiva que lhe abriu a porta na casa do Gordo. Então se deu conta de que aquela mulher era Rita.

Na garganta de Luque ficaram presas as palavras que não podia soltar. Queria dizer que ele não sabia nada do troco que o Gordo tinha embolsado.

Um dos membros do bando os desamarrou, entregou uma pá para cada um deles e ordenou que começassem a cavar.

Rita vagava na escuridão controlando tudo.

Luque nunca pensou que ia terminar assim, enterrado vivo.

Cavou, cavou e seus braços já não respondiam mais.

Estava aturdido quando Rita lhe fez um sinal para que jogasse a pá e pegasse o Bersa 45.

Ele obedeceu.

Vai, mate ele!, ordenou.

Luque pegou o revólver e apoiou o cano na testa do Gordo, seu gemido suplicante fez com que ficasse sem ar, mas fechou os olhos e apertou o gatilho.

Escutou o barulho que o corpo fez ao cair dentro do buraco. As risadas dos sujeitos ouviram-se longe. Luque abriu os olhos, o Gordo estava com metade do corpo afundado na terra.

Um dos sujeitos tomou a arma da mão dele e a apontou para Luque. Agora é minha vez, pensou, acreditando que a bala entraria pela cabeça, até escutou o estalido. Não conseguia parar em pé. A cabeça e o corpo amoleceram, a urina quente escorria pelas pernas e molhava sua calça.

Quando deu por si estava sozinho na escuridão, estendido na terra. Não conseguia se mexer e não sabia se estava vivo ou morto.

Amanhecia, a água fria fez com que Luque se sentisse vivo e, ainda que tivesse o corpo entumecido, ele mergulhou no rio com a camisa salpicada de sangue.

Depois, recuperou as forças e saiu da água. O rio tinha lavado a camisa e a calça. Caminhou sem parar até chegar em casa, escutando o barulho dos tênis molhados. Um zumbido o aturdia. A única coisa que queria fazer era dormir.

Isabel esfregava uma camisa, apoiada no tanque, o vestido grudado no corpo, os braços e os peitos balançavam quando levava toda sua força para as mãos. Estava com o cabelo preso em um coque e uma mecha caía sobre seu rosto.

A porta da rua abriu, Isabel parou de esfregar e viu-o, Luque passou apressado e se trancou no quarto.

Ela o seguiu. O cheiro que sua roupa molhada soltava lembrava o da madeira úmida.

Isabel perguntou a ele o que tinha acontecido, ele se esquivou, procurando manter-se tranquilo.

Com o rosto abatido e sem olhar para ela, disse que tinha sofrido um acidente, que tinha caído no rio com a moto.

Isabel insistiu para que desse mais detalhes, ele se negou a falar. Ela pegou uma de suas mãos e apertou entre as dela, ele se afastou.

Me deixa dormir, fiquei de pé a noite inteira.

Luque deitou na cama, seu coração batia como uma máquina infernal e continuava sentindo frio mesmo embaixo do cobertor.

Naquela última tarde o Gordo caminhava pela passagem longa e estreita entre os barracos. Suspeitava do motivo de Rita querer encontrar-se com ele na casa dela em plena luz do dia.

Tinha a impressão de que as pessoas que passavam por ele o olhavam como se soubessem que tinha feito coisas nas costas dela.

Acelerou o passo.

Rita morava em um pequeno apartamento térreo. Eram muitos móveis e eletrodomésticos para o espaço que tinha. A parte de trás estava coberta e, quando ele entrou, dois cachorros saíram para recebê-lo.

Rita esperava-o na piscina de plástico, submergida na água até o pescoço, com os olhos fechados.

Chamou a atenção do Gordo que estivesse sozinha naquele dia, pois sempre havia gente com ela.

Rita, da piscina, levantou a cabeça e disse,

Que pontual! Quer beber alguma coisa? Tem cerveja gelada na geladeira.

Não, obrigado, acabei de tomar uma.

Rita saiu da água, estava vestida com um maiô preto e o cabelo preso com um coque desarrumado. Despreocupada, calçou os chinelos, foi até a cozinha e tirou uma lata de cerveja da geladeira.

O Gordo estava atento ao que ela fazia.

Trouxe calção?

O Gordo negou com a cabeça.

Te empresto o do Ricardo, com certeza serve, disse.

Não, obrigado.

Rita pediu que se sentasse em uma espreguiçadeira amarela que estava no pátio e sentou-se em outra na frente dele. Ela abriu a lata de cerveja, o gás escapando ressoou na cabeça do Gordo e a angústia apoderou-se dele. Tentou ocultar o temor que lhe invadia o corpo.

Estou te escutando, Gordo, disse ela de modo afável.

Rita conhecia os medos e os gostos dos seus como uma mãe, sabia perfeitamente o que estava passando pela cabeça do Gordo e até como o sangue circulava por suas veias.

Ele tentava evitar o olhar de Rita e sorria dissimulando o temor; ela o olhava sem falar nada.

Depois o Gordo se encheu de coragem e disse,
Te peço desculpas, isso não vai se repetir.
Silêncio.
Precisava da grana e...
Rita o interrompeu,
Não fique se explicando porque eu fico com mais raiva ainda.

Ela se levantou, buscou um ventilador de coluna, colocou-o perto do rosto e sorriu.

O Gordo estava encharcado de suor, sentiu que sua pressão caía, não conseguiu se controlar e começou a chorar. A única coisa que queria era estar longe dali.

Ela lhe deu umas palmadinhas no ombro e disse.
Vai tranquilo, Gordo, eu sei que não vai se repetir.

O sol entrava pela janela do quarto e batia no seu rosto. Luque dormia profundamente e sonhou que entrava de novo no rio, submergia-se até a cintura e afundava a cabeça na água. Estava inchado, seu fígado tinha crescido, também os olhos e o nariz. Tirou a cabeça da água e conseguiu respirar. No meio da noite escura, imóvel e cálida, discernia somente as árvores que se erguiam à sua frente e um cheiro adocicado que se apoderava do ar. De repente apareceu o Gordo com o rosto borrado, não falava. Luque viu que tinha um pedaço de carne crua na mão e oferecia-o a ele. Retrocedeu, mas o Gordo obrigou-o a pegá-lo. Luque sentiu como estava morna, uma carne escorregadia que caiu flácida no chão. Gritou.

Abriu os olhos e por um instante teve dificuldade em perceber que estava acordado.

Fazia dias que Luque dormia mal, estava cansado e sem energia.

Abriu a porta da rua, a casa estava fresca porque Isabel tinha tomado a precaução de fechar as persianas. Acendeu a luz da sala de jantar e viu um sujeito sentado na poltrona com as pernas cruzadas. Vestia uma calça de moletom cinza e uma camiseta verde. Reconheceu-o rapidamente, era o Garça. Esse magrelo de olhos pequenos perturbava-o, era um dos que estava com Rita naquela noite.

Podia escutar outra vez sua risada cínica quando a bala que matou o Gordo acertou o alvo.

No chão, ao lado dos pés dele, uma mochila esportiva azul.

Você tem que deixar ela na lixeira que fica atrás da Catedral, ordenou-lhe o Garça apontando a mochila com o dedo.

Luque ficou paralisado.

Anda, o que está esperando?

Pegou a mochila e saiu temeroso.

Enquanto caminhava, sentia o hálito pesado do Garça na sua nuca. Não olhou para trás, mas tinha certeza de que ele estava ali.

Foi andando pelas ruas quase desertas tratando de passar despercebido. Acelerou o passo, ainda faltavam dez quadras para chegar até a Catedral.

Era insuportável pensar que estava sendo seguido pelo Garça e virou-se bruscamente para enfrentá-lo, mas não havia ninguém. Suspirou aliviado, apoiou a mochila na calçada, abriu-a, havia muito dinheiro. Era tentador ficar com ela, mas se deu conta do perigo que corria, fechou-a e encaminhou-se rapidamente para a Catedral.

Em outras circunstâncias teria desobedecido, mas já tinha visto o fim do Gordo, com a cabeça arrebentada na terra.

Pouco tempo depois de deixar a mochila no lugar indicado, Luque chegou à fronteira com o Brasil.

Começou uma ventania com redemoinhos de pó.

Uma mulher, atrás do guichê, pediu-lhe o documento. Ele o entregou a ela, que o devolveu dizendo:

O senhor não pode passar.

Por quê?

Cumpro ordens.

Não saio daqui sem uma explicação.

Pode se retirar.

Não tô entendendo.

Pelo seu bem, saia daqui, senhor.

Luque ficou imóvel como um animal acuado e suas mãos ficaram úmidas. Perguntou-se por que tinha ido até a favela pagar o Gordo se podia ter ido trabalhar com Páez sem entregar o dinheiro. Por um instante, era de novo aquele menino que, aterrorizado, chamava pelo pai.

Abriu os olhos no quarto, ainda estava escuro e as sombras moviam-se por todos os cantos. Durante um bom tempo, a única coisa que fez foi mudar de posição na cama esperando que amanhecesse.

De repente o grito cortante de uma mulher vindo do lado de fora o tirou daquele estado. Quando escutou que alguém caminhava sobre o telhado, o menino chamou o pai com desespero. Ele não respondeu. É provável que estivesse sentado, ausente, olhando um ponto fixo sem esboçar nenhuma reação.

Então pensou em como poderia defender-se caso alguém o atacasse, pensou em todas as formas possíveis de matá-lo. Talvez desse um único e certeiro golpe na cabeça.

Tudo ficou em silêncio e o medo cresceu dentro dele.

Caminhou devagar até a porta, ficar dentro do quarto era mais seguro, ainda que não tivesse nada a perder. Aproximou-se, não havia ninguém. Olhou para um lado e para o outro e não teve dúvidas. Correu até a saída com todas as suas forças. Abriu a porta e rapidamente chegou até a calçada.

O sol da manhã aqueceu-o.

A buzina de um caminhão trouxe-o de volta ao posto da fronteira, o coração de Luque batia na garganta.

Luque estava com febre e preferiu ficar em casa.

Ligou a tevê e não conseguiu prestar atenção.

Folheou o jornal, também não conseguiu se concentrar.

Tinha tomado um descongestionante que o mantinha acordado.

O quarto era espaçoso e com o pé direito alto, no centro, uma cama de casal, uma mesinha de cabeceira, sobre a cômoda, a televisão e, no canto, um guarda-roupa de madeira clara embutido.

Largou o jornal e foi até a janela. Olhava os carros e, de vez em quando, alguma pessoa passava correndo. Chovia sem parar.

Luque observou que a água subia cobrindo a calçada e que a rua ia ficando vazia. Contemplava incrédulo, sem entender como era possível que a água corresse em sentido contrário ao rio. De repente a correnteza começou a trazer a porta de uma geladeira, a carcaça de um televisor e um balde.

Espirrou, limpou o nariz com o lenço e viu um borrão. Foi até o banheiro e lavou o rosto para esfriar a cabeça.

Voltou para a janela, olhou as gotas que escorriam pelo vidro e observou que agora a água trazia peixes. Franziu a sobrancelha. De repente parou de chover e, ainda que as nuvens tivessem se afastado, a água não parou de cair e o reflexo do sol iluminou-o. Depois teve a impressão de ver a correnteza arrastando um corpo e ficou assustado.

Decidiu fazer alguma coisa para distrair-se.

Sentado na cama, abriu a gaveta da mesinha de cabeceira e tirou um revólver. Desmontou-o com cuidado.

Enquanto o limpava, veio-lhe à cabeça a imagem do pai submerso em seu mundo. Levantou o olhar, parecia que queria dizer alguma coisa, era possível notar as marcas da velhice precoce e a expressão de tristeza em seu rosto.

Algumas semanas antes de tomar a decisão de se matar, alguma coisa mudou bruscamente nele. Parou de sair e nos últimos dias se vestia com a roupa da mulher, como se assim ela estivesse por perto e ele não se sentisse tão só.

O pai tinha sido um operário qualificado em uma empresa têxtil, muito querido pelos colegas. Aqueles anos de esforço e trabalho ficaram para trás, tinha apenas o presente e nada do que se gabar. Sempre havia sido um pai severo e frio, mas, sem trabalho e sem mulher, tinha se tornado irascível.

Luque retomou a montagem do revólver e perguntou-se o que seu pai teria pensado segundos antes de atirar-se no Rio da Prata.

O pai estava de salto alto, com o vestido florido da mulher, as meias finas e a peruca. Tinha olheiras e o olhar perdido. De repente voltou a si e caminhou até o quarto, seus movimentos eram lentos, mas decididos. Enrolou no pescoço um longo lenço verde pastel que pegou do respaldo da cadeira. Foi até o banheiro, curvou os cílios com rímel e passou blush nas bochechas.

Atravessou a porta, saiu de casa, a rua quase deserta. Não sabia se amanhecia ou entardecia, mas não parecia se importar. Ainda que o vento soprasse intensamente, avançava como se ele não o tocasse. O corpo estava cansado. Ausente, caminhava devagar em direção ao rio. Conhecia o caminho.

Percorria as quadras sem que ninguém detivesse seus passos. As pessoas passavam e sumiam à medida que avançava, só se escutava o barulho do salto na calçada.

Quase anoitecia quando chegou à beira do rio, o céu tinha cor de cinzas. Sentiu um formigamento nas mãos e no pescoço. O rio batia contra o paredão enquanto caminhava pelo cais. Viu as luzes de um barco que piscavam a distância, como se fossem vagalumes no campo. Era verão e voltava depois de caçar lebres, satisfeito por ter acertado uma. Na luz do fim de tarde, as criaturas balançavam-se frágeis, penduradas em uma vara. Estava com fome. Sorriu e de repente seu pensamento estava em outro lugar.

Parado no extremo do quebra-mar, contemplou o rio escuro, tirou os sapatos e ajeitou-os cuidadosamente a seu lado. Fechou os olhos, o cais acabava ali, o vento levantou-o e entregou-se com ele à tormenta.

Sua cabeça bateu na ponta de uma pedra e seu corpo desapareceu no Rio da Prata.

Omar voltou depois de quase um ano de ausência. Estava esperando Isabel na esquina quando ela atravessou para ir ao armazém. Aproximou-se dela e quis abraçá-la, ela o afastou.

Omar tinha sumido sem deixar rastros e Isabel já não esperava por ele. Disse que teve que viajar repentinamente para o Brasil a trabalho e que não pôde voltar antes.

Vim pra ficar, afirmou.

O rancor foi maior e ela continuou caminhando como se um vendaval a empurrasse.

Omar foi atrás dela dando explicações, disse que tinha sentido sua falta e que a única coisa que queria era ficar com ela.

Te faço companhia.

Isabel deu meia-volta, encarou-o, e por mais que o desejo por ele continuasse intacto e o peito explodisse, sem levantar a voz, disse,

Some daqui, não quero te ver mais. E seus passos sumiram na calçada.

Luque vagava pelo mercado procurando um lugar para comer. O cheiro de fritura envolvia-o.

Distraído, escutava o barulho do azeite fervendo em uma panela. Foi quando uma menina se aproximou dele. Não tinha mais que oito anos, era magra, pequena e tinha um arco amarelo no cabelo.

Minha tia Rita quer ver você, disse.

Luque engoliu em seco.

A menina pediu a ele que a seguisse e caminharam por um dos corredores do mercado.

Havia muito movimento e ele a seguia com medo de perdê-la de vista. Ainda que as pessoas atrapalhassem a passagem, sua inquietação era tanta que ninguém poderia detê-lo.

De repente a menina parou na frente de uma banca e logo apareceu Rita com o rosto limpo, o cabelo vermelho preso com displicência em um coque e uma mecha solta que caía sobre o rosto. Podia vê-la melhor do que naquela noite em que teve que matar o Gordo, quando o medo o havia cegado.

Obrigada, agora vai brincar, disse à menina, que logo desapareceu.

Luque lembrou-se de sua voz rouca dando ordens naquela noite.

Rita abriu a cortina de chita estampada.

Entre, disse a Luque.

Uma lâmpada iluminava sacos de farinha empilhados e alguns cacarecos velhos.

Ela se sentou em uma espreguiçadeira que estava no canto, ajeitou o vestido de flores vermelhas que lhe chegava até os joelhos e disse a Luque que também se sentasse.

Ele puxou uma cadeira enquanto ela prendia a mecha de cabelo com um grampo.

Esses dias vi a Isabel andando por aqui. Como ela é bonita! A gente podia comer alguma coisa juntos. Ela também é bem-vinda à nossa família, comentou.

Luque não soube o que dizer e pensou que Rita estava se divertindo às custas dele.

Ela pediu que lhe servissem suco de abacaxi e batatas fritas em uma bandeja de papel. Depois lhe contou que conhecia o pai de Isabel há muito tempo. Lamentou sua morte e o fato de ele nunca ter querido trabalhar para ela. Fez silêncio e subitamente mudou de assunto.

Tenho um trabalho perfeito pra você, sei que você vai dar conta. Você é um cara competente, não pode ser um simples passador pro resto da vida.

Luque perguntou-se o que havia por trás daquelas palavras e daquele tom amável. Era impossível esquecer a noite em que Rita obrigou-o a matar o Gordo.

Luque estava parado em uma esquina e uma Trafic branca se deteve. Saiu um homem mais velho, que ele não conhecia, era careca e alto. Aproximou-se de Luque e, sem rodeios, entregou-lhe a chave da caminhonete. Luque guardou-a no bolso da jaqueta.

O sujeito disse-lhe sem pestanejar,

A caminhonete está carregada, não pare até chegar a Buenos Aires. Quando chegar lá, atravesse a ponte Saavedra e uns dois quilômetros mais à frente, na tua direita, você vai ver um posto. Pegue o caminho de terra. Alguém vai estar te esperando, não pergunte nada.

Luque sentiu um gosto amargo na boca, assentiu sem questionar, mas pensou que teria sido melhor morrer naquela noite, como o Gordo.

O chão de terra estava molhado para diminuir o calor e o pó. Havia guirlandas, bexigas, muita gente. Crianças corriam de um lado para o outro. A música estava alta.

Caía a noite e a festa no bairro começava.

Rita tinha colocado um vestido verde, sandálias de salto alto, brincos grandes e um batom rosa intenso. Dançava sozinha e uma roda se formou envolta dela, encorajando seus movimentos.

Depois foi até um latão cheio de gelo e tirou dele um refrigerante, procurou uma cadeira e sentou-se perto da pista. O Garça não tirava os olhos dela. Quando viu que Rita estava sozinha, ocupou a cadeira que estava a seu lado e disse-lhe,

Faz anos que trabalhamos juntos, você sabe que eu te respeito, Rita, e...

Desembucha, Garça, disse ela com um tom amável.

Então ele soltou,

Por que você deu o trampo pro cara que a gente nem sabe quem é? Não consigo entender.

Rita escutou-o com paciência, sem se mexer.

Falei disso com o pessoal e ninguém entendeu por que você não quis escolher um de nós. Eu trabalho com você desde pequeno e nunca te deixei na mão.

O Garça olhou para Rita esperando uma resposta.

Ela apoiou a mão no ombro dele e de modo afável disse-lhe,

Eu sei por que faço as coisas, você vai ver, você vai ver que tenho razão.

Vó, vamos na rede?, interrompeu uma menina que não tinha mais que cinco anos.

Vamos, disse Rita, segurando-a pela mão.

O Garça ficou tentando lembrar se Rita tinha se enganado alguma vez.

Era noite, tinha chovido granizo depois de um dia abafado e havia pouca gente na rua. Isabel e Omar encontraram-se na beira do rio e sentaram-se em um banco perto da água.

Ela estava tensa e pediu-lhe que fosse breve porque tinha que ir.

Omar disse que não queria ficar sem ela e que estava sofrendo.

Isabel dirigiu-lhe um olhar ardente e ele acariciou o pescoço dela. A mão desceu devagar até o peito, mas Isabel rapidamente se levantou para ir embora.

Onde você vai?, segurou-a pelo braço.

Me solta.

Quero que você largue o velho agora!

Isabel não respondeu.

Então eu cuido do velho, afirmou Omar.

Não se meta com ele, isso é problema meu.

Então esse velho te dá tesão, gritou.

Chega, Omar.

Ele, vermelho de raiva, engoliu as palavras.

Fazia vários dias que Luque não tocava Isabel. Tinha voltado a ter insônia, como em Assunção. Não parava de se mexer na cama e levantava durante a noite para fumar.

Naquela manhã, enquanto ela cortava cebola, ele tinha se sentado à mesa em silêncio, só se escutava o barulho da lâmina da faca sobre a tábua. Cada um estava perdido em seus pensamentos.

De repente Isabel disse,

Tinha um rato.

Onde?

Atrás do lixo.

Matou ele?

Não, fugiu.

Luque estava no quarto e escutou um barulho que vinha do guarda-roupa, como se arranhassem a madeira. Pensou que era o rato e colocou a mão no puxador da porta para abri-la, vacilou e por um instante voltou-

-lhe sua imagem de menino, estava dentro do guarda-
-roupa, de pé, dentro de uma fronha branca. Tinha feito três buracos, dois para os olhos e um para a boca. Adela, a vizinha, abriu o guarda-roupa e ao vê-lo disse alguma coisa que ele não entendeu.

O barulho parou, Luque não sabia quanto tempo tinha passado com a mão no puxador do guarda-roupa. Respirou fundo e abriu a porta, o rato não estava lá.

Luque dormiu mais do que o habitual para estar bem descansado e conseguir dirigir durante as quatorze horas que tinha pela frente.

A ideia de voltar a Buenos Aires angustiava-o, remexia em tudo aquilo que tinha tentado enterrar, estava decidido a fugir.

Enquanto guardava algumas roupas na mochila, pensou que quando estivesse na estrada, de madrugada, poderia se perder em uma cidadezinha qualquer, abandonar a caminhonete e desaparecer.

Tentou acalmar-se e aproveitou a ausência de Isabel para sair sem ter que dar explicações.

Omar, apoiado na cabeceira com as pernas esticadas, olhava absorto o teto cheio de manchas de umidade.

Isabel estava deitada de barriga para cima, com os pés apoiados na cabeceira. O cabelo desarrumado e a pele escura contrastavam com o branco dos lençóis.

Nus, naquele quarto de hotel barato, não falavam.

As pás gordurosas do ventilador de teto giravam sem conseguir aplacar o calor. As moscas davam voltas pelo quarto. Escutavam-se buzinas, o barulho da rua.

Repentinamente Omar ficou tenso e disse,

Quanto tempo ainda tenho que esperar pra você largar o velho?

De novo com essa história?

Te fiz uma pergunta! Me responda!, gritou ele.

Isabel sorriu.

Ele se levantou bruscamente, agarrou-a pelo cabelo e arrastou-a pelo chão.

Ela suplicou que a soltasse, Omar começou a chutar seu corpo, e ainda que Isabel tenha tentado se defender, ele era mais forte.

De cócoras, Omar segurou a cabeça de Isabel e golpeou-a contra o chão. Escutou-se o barulho dos ossos do crâneo se quebrando.

Caía a tarde e o ar estava pesado, Luque dirigia há várias horas. Um pó avermelhado se espalhava por grande parte do Paraguai e da Argentina, diziam que vinha do deserto do Atacama, atravessava a cordilheira dos Andes e cobria tudo com uma camada fina.

Parou na frente dos trilhos e esperou que um trem de carga terminasse de passar.

O barulho dos vagões fez com que se lembrasse de uma viagem de trem que havia feito com a mãe. Os postes, as árvores que passavam e os passageiros desenhados na contraluz. No banheiro, quando abriu a torneira, a água balançava.

O apito da locomotiva sobressaltou-o, as cancelas levantaram-se e Luque avançou.

Era possível ver relâmpagos ao longe, uma tempestade ameaçava cair.

Ligou o rádio para distrair-se, não encontrou nada de que gostasse e desligou-o.

O caminho acabou sendo mais longo do que ele supunha. A estrada estava cheia de buracos e a caminhonete estava pesada, temia ficar enguiçado.

Um barulho metálico saiu das caixas que carregava

na parte traseira, desconhecia o conteúdo delas, mas suspeitava que era perigoso.

De repente viu um vulto que avançava na direção do capô, freou repentinamente e tirou o revólver do porta-luvas. Saiu do carro com ele engatilhado, mas só havia névoa.

Voltou para a caminhonete e, antes de entrar, colocou a arma no porta-luvas e pegou uma lanterna. Foi até a parte traseira e abriu uma das portas, cortou a fita adesiva de uma das caixas com a ponta da chave e quando levantou a prancha de isopor, viu que transportava pacotes com explosivos. Confirmou seus piores temores. Tentou acalmar-se, tinha que se desfazer da Trafic.

Ao longe, um caminhão se aproximava devagar entre a névoa e lhe deu sinal de luz.

Temeu que parasse para tentar ajudá-lo e rapidamente deixou a caixa como estava, fechou a porta, respirou profundamente na frente do volante e arrancou.

Depois de avançar alguns metros, desviou um buraco e, quando retomou o curso, não pôde evitar outro. A caminhonete sacudiu e Luque ouviu mais uma vez o barulho seco e metálico que saía das caixas. Ficou nervoso, diminuiu a velocidade e o caminhão ultrapassou-o.

Algumas gotas molharam o para-brisa, mas não choveu.

Olhou pelo espelho retrovisor e ainda que o vidro estivesse coberto pelo pó avermelhado, conseguiu ver dois pontos luminosos que se moviam pela noite. Secou o suor da testa com a manga da camisa, acelerou e os dois pontos de luz perderam-se na estrada.

Viu uma fila de carros, era uma blitz. Havia dois guardas, um com uma lanterna pedia os documentos e o outro falava pelo rádio.

Luque ficou inquieto porque, como nunca tinha passado por ali, não conhecia ninguém que pudesse ajudá-lo.

Havia cinco carros na frente dele.

Sabia que se desse um cavalo de pau para retornar só levantaria suspeitas.

Faltavam quatro carros.

Tentou acalmar-se pensando que se não houvesse nada errado com os documentos não iriam inspecionar o carro. Naquele instante um dos policiais se aproximou da caminhonete, iluminou Luque com a lanterna, cumprimentou-o e disse,

Os documentos do veículo, por favor.

Ele os tirou do quebra-sol e entregou-lhe.

O policial, sem olhar para os documentos, apontou com a lanterna para as caixas e perguntou,

O que está levando aí?

Reposição de peças pra carros.

Luque começou a suar frio.

Faltavam apenas dois carros.

O policial iluminou mais uma vez o rosto de Luque com a lanterna, devolveu-lhe os documentos e ordenou,

Pode seguir!

Ele não disse nada e, desviando o carro que estava na frente, acelerou e sentiu-se aliviado.

Luque estava com o corpo tenso depois de tantas horas de viagem e precisava esticar as pernas. Eram quase cinco da manhã.

No meio da estrada viu um posto onde havia vários caminhões estacionados. Parou a Trafic no acostamento e desceu. Sentia o cheiro de pão recém-saído do forno e, depois de tantas horas sem comer, algo quente lhe cairia bem.

Entrou, o salão estava vazio, uma televisão ligada pendurada na parede. Dois sujeitos conversavam no balcão. Luque procurou uma mesa perto da janela e sentou-se.

Lia o cardápio quando viu chegar um ônibus com turistas. Eram umas trinta pessoas que ocuparam várias mesas.

No para-brisa do ônibus havia um papel com a palavra *Camboriú*.

Luque pensou que era uma oportunidade para fugir, misturar-se com aquela gente toda e subir no ônibus, precisava fazer hora.

Voltou a olhar o cardápio e percebeu que alguém estava parado diante dele. Levantou a cabeça e viu um desconhecido com um boné cinza e um casaco verde com gola preta. A viseira cobria seus olhos.

O desconhecido aproximou-se e cochichou no ouvido de Luque,

Te disseram pra não parar.

Luque escutou aquela voz rouca e seu corpo amoleceu, afundando-se na cadeira. O homem continuava parado na frente dele, Luque levantou-se e saiu sem olhar para trás.

Subiu na caminhonete e, para tranquilizar-se, convenceu-se de que, terminado o serviço, poderia fugir. Era questão de poucas horas. Acreditava conhecer Buenos Aires bem o suficiente para encontrar uma forma de fugir.

O desconhecido de boné cinza, sem dar-lhe tempo para nada, abriu a porta do passageiro e sentou-se.

Não dá pra te deixar um minuto sozinho, vai, arranque, mandou e tirou o boné.

Luque percebeu que não tinha escapatória e mais uma vez ficou sem ar.

Andaram durante algum tempo em silêncio e sem sobressaltos.

Luque imaginou que aquele sujeito o entregaria a Rita porque tinha contrariado as ordens dela. Decidiu que sua única opção era livrar-se dele.

Calculou quais eram as possibilidades, podia tirar a arma que estava no porta-luvas, mas o sujeito não lhe daria tempo. Talvez fosse mais seguro bater a caminhonete no lado do passageiro em uma árvore, mas os dois morreriam. Vacilou, mas logo se convenceu de que esse era o preço que tinha que pagar por sua liberdade.

Quer chocolate amargo?, perguntou-lhe o sujeito.

Não, respondeu.

Luque desconfiou do comportamento amável.

A estrada estava vazia, era noite fechada e viajavam completamente sozinhos.

Alguns metros adiante viu uma bananeira de tronco grosso e, ao virar, acelerou. Quando a árvore estava bem na frente dele, enfiou o pé no freio.

O sujeito, que estava dormindo, assustou-se.

O que aconteceu?

Nada.

Você dormiu. Quer que eu dirija?

Não, estou bem, um arrepio corria pelas suas costas.

Luque retomou o caminho.

O sujeito queria mantê-lo acordado e perguntou:

É casado?

Não.

Separado?

Sim.

Tem filho?

Não.

Sortudo, eu tenho quatro.

Ainda estava escuro. A cada tanto o sujeito olhava para ele sem dizer nada. Luque olhou a hora, eram sete e meia da manhã. Tinham atravessado a ponte Saavedra e parecia que não chegavam nunca. Queria terminar de uma vez, cumprir a ordem, sem deixar pontas soltas.

Quando apareceu o posto, o desconhecido mandou que parasse, desceu e perdeu-se na escuridão. Por um instante Luque se tranquilizou, aquele sujeito já não estava em cima dele.

Pegou o caminho de terra à direita, estava com as costas molhadas contra o assento, embora o frio fosse intenso. Procurou no bolso uma bala de hortelã e colocou-a na boca. De repente teve a impressão de escutar Rita dizendo-lhe que o trabalho tinha que ser perfeito.

Continuou reto até chegar ao lugar indicado. Parou a caminhonete na frente de um portão e deixou as luzes acessas.

Buenos Aires, 18 de julho, 1994

Luque estacionou a Trafic com as luzes acessas como tinham mandado. Eram oito da manhã de um dia nublado, frio e sem vento.

Fazia tempo que tinha aprendido a manter a boca fechada e a fazer exatamente o que lhe pediam. Calar-se na hora certa era sinal de inteligência e ele era bom nisso.

Sentado ao volante viu dois sujeitos descendo de um Fiat 147 azul estacionado a uns vinte metros. Um deles era magro, de pernas compridas e devia ter uns quarenta e cinco anos, caminhou rapidamente até uma porta metálica e levantou-a sem esforço. O outro era calvo e parecia mais jovem, fez sinal para que entrasse na caminhonete. Luque estava com o rosto abatido e os cantos da boca caídos, estava esgotado.

Os sujeitos entraram depois da Trafic e o magro fechou a porta.

Um homem de macacão os recebeu, era baixo e austero.

Coloque a caminhonete em cima do fosso, ordenou.

Depois de fazer o que tinham mandado, Luque saiu e cumprimentou-os vagamente. O de macacão olhou-o de cima a baixo e dirigindo-se aos outros disse,

Aqui está a caminhonete, daqui a meia hora ela está pronta.

Então olhou para Luque,

Me siga.

Luque seguiu o sujeito de macacão por um corredor. Entraram em uma sala onde havia uma mesa e duas cadeiras.

O sujeito abriu a porta e saiu para uma garagem ampla onde havia centenas de partes de carros espalhadas pelo chão. Duas lâmpadas fluorescentes iluminavam o ferro-velho.

Luque seguiu-o.

O homem levou-o até os fundos, onde havia uma Trafic branca exatamente igual a que havia trazido. Tinham o mesmo chassi e eram iguais.

Leve, você tem que ser pontual e o trânsito até a capital já começou a ficar lento.

Eram oito e meia da manhã.

Luque entrou na Trafic, olhou o painel e os assentos, tinha cheiro de nova. Ao colocar o casaco no assento do passageiro, encontrou um cartucho de bala, pegou-o na mão, estava frio. Jogou-o pela janela.

Ligou a Trafic e saiu pelo portão que dava para a rua paralela a qual havia entrado. Quando acelerou, percebeu que a caminhonete estava vazia. Teve certeza de que havia coisas que era melhor não saber, suas mãos transpiravam e estava ansioso para terminar o trabalho.

Havia muito trânsito e o cansaço vencia-o. Esfregou os olhos pensando que seria bom sentar-se e tomar alguma coisa quente.

As ordens tinham sido claras e precisas, às nove e meia tinha que estacionar na rua Uriburu e dirigir-se ao bar El Trofeo. Um sujeito jovem, de uns vinte e cinco anos, procuraria por ele. Quando lhe entregasse a chave da Trafic, poderia ir embora.

Atravessou uma rua e depois outra, deixando para trás filas de edifícios. Chegou a Villa Ortúzar, lembrou-se da sua casa, o pátio de mosaicos e a ameixeira na parte detrás, onde brincava quando era criança. O pai estalava os dedos das mãos, demorando para dizer o que precisava enquanto se ajeitava na cadeira. Disse que a mãe de Luque não estava bem, disse devagar, para dentro, como se guardasse um segredo. Era outono e caía uma chuva fina.

Luque sentiu-se mal ao passar por ali, pensou ter visto o pai, alto, com a coluna curvada e consumido. A morte da esposa e a falta de trabalho tinham-no deixado perturbado. Passava o dia inteiro de camiseta e com a mesma calça, quase não saía de casa. No verão, sentava-se na calçada e ficava olhando um ponto fixo como se a luz do dia lhe ferisse os olhos, de seu peito saía um ronco áspero e fantasmagórico.

Luque acelerou, era melhor esquecer.

Depois de percorrer algumas quadras, deparou-se com uma rua fechada que estava em obras. Pensou que o tempo tinha parado na cidade de Buenos Aires, continuava suja, barulhenta, com as calçadas quebradas. Não via a hora de ir embora.

Atravessou a rua Corrientes, passou perto do hospital Ramos Mejía e lembrou-se do teto alto, dos corredores sombrios e de sua mãe, entre tantos corpos, um ao lado do outro, lutando para respirar. Amontoaram-se em sua cabeça imagens, seu pai surrando-o com uma cinta e todas as vezes que fugiu mas acabou voltando.

Queria que esses fragmentos de memória não o afetassem, como se não lhe corresse sangue pelas veias. Pensava que o ar pesado do rio Paraná ou os anos tivessem-no endurecido, mas todas aquelas lembranças lhe doíam como se ainda fosse uma criança.

Enquanto atravessava a rua Callao pensou que não via a hora de deixar tudo para trás.

Estacionou a Trafic, fechou a janela, desligou o motor e quando tentava sair, obrigou um motociclista a fazer uma manobra brusca, salvando-se por um milagre.

O motociclista cravou as mãos nos freios e conseguiu esquivar-se da porta da caminhonete antes do impacto. Arrumou o guidão e sem tirar o capacete olhou furioso para o motorista da Trafic, insultando-o. Luque pediu desculpas pela distração, mas o motociclista encarou-o sem dizer nada e depois se afastou.

Desceu da caminhonete e foi até o bar El Trofeo, um estabelecimento tradicional do bairro Once, sempre cheio de gente. As cadeiras de madeira, as mesas com toalhas e guardanapos brancos de tecido. Os velhos garçons usavam uniformes e atendiam com uma amabilidade solene. Tudo se conservava como quando tinha aberto as portas no começo do século XX.

Luque entrou no bar e sentou-se em uma mesa ao lado da janela. Pediu um café com *medialunas* e esperou.

O jovem da moto estacionou, desceu e tirou o capacete. Era baixo, muito magro, com pouco mais de vinte anos. Entrou no bar, parecia procurar por alguém. Um facho de luz iluminou o rosto dele.

O cheiro de café dominava o lugar, estava cheio.

Duas mulheres conversavam em uma mesa; na outra, uma casal tentava fazer com que um bebê dormisse e ela balançava o carrinho para que se acalmasse.

Misturavam-se as vozes das pessoas com o barulho de pratos e xícaras se entrechocando.

O jovem da moto caminhou devagar e parou na frente dele. Luque percebeu que era quem estava esperando, mas não suspeitou de que era o mesmo a quem quase havia derrubado. Ficou olhando para ele.

O jovem sentou-se na cadeira diante de Luque sem pedir licença, os olhares cruzaram-se e ambos pareciam duas pedras que, em contato, soltavam faíscas.

Me dá a chave, disse.

Luque entregou-a, deslizando-a vagarosamente sobre a mesa. O jovem pegou a chave, e, enquanto a guardava no bolso, Luque começou a contar-lhe que era seu primeiro trabalho com a Rita e que estava aliviado porque tudo tinha saído bem, a tempo, conforme o combinado.

Quando percebeu, o jovem já tinha desaparecido, estava falando sozinho. A cabeça de Luque começou a divagar sem rumo e um cansaço profundo o invadiu como naquele dia em que saiu do rio com a roupa molhada.

Tomou um gole de café e ficou parado com a xícara apoiada na boca. Deu-se conta de que mais uma vez estava em Buenos Aires, a ponto de fugir, tinha feito de tudo para deixar o passado para trás e era como se andasse em círculos, como se tivesse voltado ao ponto de partida.

Bebeu outro gole de café e um longo silêncio o envolveu, alguma coisa queimava suas vísceras. Pela primeira vez viu com clareza que estava sozinho.

Agora em Buenos Aires, no bar El Trofeo, com quarenta e dois anos, Luque voltou a sentir o mesmo aperto no peito que no dia da morte da mãe.

Olhou pela janela, estava com a boca seca, tomou um gole de água. De repente um zumbido, uma mosca passou perto da sua orelha e pousou em cima do guardanapo. Luque pegou o copo e prendeu-a. A mosca chocava-se contra a parede de vidro e suas asas membranosas batiam sem saber para onde ir.

Luque apoiou os braços sobre a mesa e o queixo nas mãos e ficou olhando para ela.

As luzes do bar começaram a piscar. As vozes apagaram-se, as cristaleiras desapareceram e de repente parecia que o menino que um dia fora estava trancado no quarto de novo.

Lá fora, o vento agitava os galhos das árvores como se estivessem nervosos.

Naquele momento um estrondo infernal e perfeito explodiu a Associação Mutual Israelita Argentina, fazendo ir pelos ares o bar El Trofeo e a quadra inteira.

Uma chuva vermelha e espessa como sangue inundou as ruas. A cidade fragmentada tornou-se ainda mais incerta e hostil.

Eram 9:53 da manhã e o frio congelava os ossos.

Perla Suez nasceu em Córdoba, Argentina, e começou sua carreira trabalhando com literatura para jovens e leitura em oficinas e centros culturais. Nos anos 80, inicia sua trajetória como escritora de ficção com o livro infantil *El vuelo de Barrilete y otros cuentos*. Em 2015, escreve *El país del diablo* com o qual ganha o prêmio Sor Juana Inés de la Cruz e o prêmio Internacional de Novela Rómulo Gallegos. *A Fúria do Inverno* foi lançado na Argentina em 2019 e é o primeiro livro de Perla Suez publicado no Brasil.

Este livro foi produzido no Laboratório Gráfico
Arte & Letra, com impressão em risografia
e encadernação manual.